KB148130

냉장고 여자

황금알 시인선 143

냉장고 여자

초판발행일 | 2017년 3월 31일
2쇄 발행일 | 2022년 6월 28일

지은이 | 김영탁
펴낸곳 | 도서출판 황금알
펴낸이 | 金永馥
선정위원 | 김영승 · 마종기 · 유안진 · 이수익
주간 | 김영탁
편집실장 | 조경숙
표지디자인 | 칼라박스
주소 | 03088 서울시 종로구 이화장2길 29-3, 104호(동숭동, 청기와빌라2차)
물류센타(직송 · 반품) | 100-272 서울시 중구 필동2가 124-6 1F
전화 | 02)2275-9171
팩스 | 02)2275-9172
이메일 | tibet21@hanmail.net
홈페이지 | http://goldegg21.com
출판등록 | 2003년 03월 26일(제300-2003-230호)

값은 뒤표지에 있습니다.

ISBN 979-11-86547-51-9-03810

*이 시집은 한국출판문화산업진흥원 2016년 우수출판콘텐츠 제작 지원 사업 선정작입니다.
*이 도서의 국립중앙도서관 출판예정도서목록(CIP)은 서지정보유통지원시스템 홈페이지(http://seoji.nl.go.kr)와 국가자료공동목록시스템(http://www.nl.go.kr/kolisnet)에서 이용하실 수 있습니다.(CIP제어번호: CIP2016028377)

냉장고 여자

김영탁 시집

황금알

| 시인의 말 |

두 번째 시집을

돌아가신 아버지께

바칩니다.

2016년 11월

김영탁

차 례

1부 냉장고 여자

2부 목도리 봉별기逢別記

3부 두루마기 편지

4부 구름 나무

1부

냉장고 여자

여름, 한다

땀을 뻘뻘 흘리며 궁창에 퍼져 놀고 있는
푸른 잎들을 어찌 세어 볼 수 있으리
차라리 실타래처럼 가는 강들이 모여
시퍼런 강물을 출렁이며 느리게 흐르는
어쩔 수 없는 푸른 잎이여
한 소절 바람이라도 불면 강물을 출렁이며, 잎은
그대가 쳐놓은 통발 속으로 헤엄쳐 들어가네
아직까지 얼어 있던 고드름의 기억을 풀어헤치며
그대의 궁륭에서 달콤하게 놀다
아이스크림처럼 녹아서 흐물거리는데,
막 신혼을 지나 무르익는 여름 신부여
푸른 강물에 날마다 뒷물하며
떠오르는 해를 품다가 밤엔 달을 삼키며
더러는 별빛으로 궁창에 수를 놓네

여름 궁전은 자꾸만 볼록해지고
해가 지고 뜨는 나발소리 듣기도 좋아라
동강과 서강이 만나 흐르는 두물머리 밤엔
이젠 무섭지도 않은 귀신들이 등불을 들고

무사히 강을 건너갔다는 소식도
아침 해를 알리는 나발소리가 전해 오고
나는 하루가 다르게 배 불러오는
여름 궁전을 물끄러미 바라보다가
나발소리가 아직 쟁쟁하게 재어진 돼지목살을
석쇠에 올려놓고 굵은 소금을 치며 소주잔을 따르는데
그저 통발을 거두어주지 않길 바랄 뿐이네

고등어자반

바닥 생을 숨 쉬며
난바다를 헤쳐 다니던 고등어
노릇노릇 구워져
그대 밥상 위에 한 도막
불꽃으로 피어나던 고등어
아버지 어깨와 팔뚝 허물 벗던 여름처럼
뼈와 살을 버리며
가없는 바다로 나아가고 싶었네

속살까지 숙성시키는 냉장실에서
그대의 손 닿으면 흐물어질까 봐
이제 곧, 다가올 그대의 끼니를 위해
뎅강 잘린 머리와 비워낸 가슴 가만두고
몸은, 난바다 물살 헤치던 몸짓의 추억 속에
불꽃으로 피어나는
나, 자반고등어

미안해요

아무리 당신을 껴안아도 마음은 늘
해골을 안는 것 같아요
바람이 뼈 사이로 빠져나가고
늘 허기져서 하얀 소금꽃이 피고
통속적으로, 아무리 사랑한다고 해도
부질없는 건 다 알고 있잖아요
이제 더는 어쩌지 못하여
바람의 종착지까지 달려봤지만,
뙤약볕 염전은 말라가고
겨우 피어난 소금꽃에
미안해요, 아직도

다시, 바람이 불어온다고요
바람이 바이칼의 눈동자를 후려 파서
독수리 편으로 보내왔기에
당신이라는 해골에 눈동자를 심었어요
드디어 나의 불꽃을
당신의 눈물로 끌 수 있었네요
잘 자라는 당신을 바라보며
미안해요, 여전히

북나무

전동차에서 바라본 사람은 어쩌면 나무 같다는 생각이 든다
나무를 바라보듯 사람을 바라보면 그 사람 나무 같다
나무가 뿌리내려 있어야 할 자리에
나무가 허공을 받치고 서 있어야 할 자리에
사람은 유목민처럼, 혹은 유랑자처럼
둥둥, 전동차 천정까지 떠다니는 것이다
그럴 때 울리는 북 속에 갇혀 우는 사람이
손톱으로 북을 찢고 나오는,
뾰족 솟아나는 나무의 씨앗 같기도 하다
또, 그러할 땐 빨리 자라나는 가지는,
졸고 있거나 신문을 보거나,
혹은 가자미눈으로,
예쁜 사람을 흘긋거리는 사람을
가지에 주렁주렁 달고 다 같이 나무가 된다

점심 대폭발

지구의 모든 인간이 똑같은 시간에 식사를 같이한다면, 그러니까 이라크, 아프가니스탄, 파키스탄, 북한, 나이지리아의 아이와 여자, 그리고 노인도 빠짐없이 같이 식사한다면, 음식의 열기와 뿜어 나오는 수증기, 침샘을 자극하는 음식냄새, 쇠붙이 달그락거리는 소리, 손으로 음식을 집을 때마다 흐느끼는 알맹이들, 쇠붙이가 밀림을 자르는 톱과 불도저처럼 굉음을 울리고, 왁자지껄 수다에 소곤거리는 소금과 모든 인간의 입들이 벌어지며 꿀꺽거리는 소리, 그 사이에 울고 웃는 소리, 그러는 동안 음식들은 몸속에서 춤을 추고, 음식의 열기는 최고조에 달하여 뻥! 하고 폭발이 일어나 지구에 있는 핵폭탄이나 어디에 숨겨진 화생 무기도 한방에 지구 밖으로 튕겨날 빅뱅이 일어날 것인데!

저기 있잖아요, 혼자 밥 먹지 마세요
그래도 혼자라고요?
그럼, 우선 점심이라도 같이해요

냉장고 여자

그녀가 내 집에 온 지 10년이 넘었다
우리는 결혼식도 안 하고 간편하게 동거했다
그녀는 지상의 태양들을 가져온 내 식탐을 나무라지 않고
차가운 인내심으로 잘 받아 주었다

홀아비가 처녀를 데리고 산다고
주변의 지인들은 손가락질하며 입방아를 찧으며 쑥덕거렸다
나는 아랑곳하지 않고 냉장고 여자를 냉녀冷女라 부르지 않고
빙녀冰女, 또는 애빙녀愛冰女라고 부르며 서로 말없이 잘 지냈다
보다 못한 친척들이나 지인들이 이 이상한 동거를 해결하기 위해
내 집으로 달려오면, 그녀는 냉장고 안으로 들어가서 나오지 않았기에
실제로 그녀를 본 사람은 없다
물론 나도 그녀를 찾아 헤매다가

그녀의 고향인 저 머나먼 설산雪山이나 안나푸르나엘 갔나 하고
냉동실 문을 열어 봤지만, 차가운 숨결만 느꼈을 뿐이다

그녀와 동거한 지 10년이 넘는, 어느 날부터
그녀는 밤마다 흐느껴 우는 것이었다
나는 거실로 나가 냉장고 문을 열고 그녀를 찾아보지만
언제나처럼 그녀는 보이지 않고 울음소리만 들린다
내 욕심으로 그녀를 너무 오랫동안 묶어 두었고
살아오면서 내가 그녀의 속을 무던히도 썩인 탓일 것이다
10년 세월에 그녀는 내가 가져다준
언젠가 썩어 없어질 것들을 말없이 잘 받아주었다
더러는 냉장고 문을 열고 할인점에서 산 채소를 잔뜩 집어넣고
며칠이고 집을 비운 사이 채소가 문드러져 그녀의 속을 썩인 경우가 많았다
먹다 남은 순대나 홍어를 싸 오면 냉장고에 집어넣고 잊어버린 통에

역시 그녀의 속을 속절없이 썩였다
그녀의 고향으로 가는 입구인 냉동실엔
몇 년째 냉동 상태로 썩어가는 떡국과 돼지고기와 소머리가 잠을 자고 있다
아마 그녀는 뜬눈으로 잠을 자면서 태양의 악몽을 꾸지는 않았는지

이제 그녀의 흐느낌은 앓는 신음까지 내며 집안을 흔들었다
보내 줘야지, 미련 없이
이별이라는 비장한 마음으로 그녀의 문을 열자
태양의 자식들은 아이스크림처럼 녹아내리고
마지막 차가운 숨결 한 줄기가 내 얼굴을 스친다

참 잘했어요

나선형 계단을 따라 회오리치는 바람은
얼굴을 붉히며 헉헉거리며
올라가다 문고리를 흔들고,
바람은 문 앞에서 말한다
빨리 문 열어 달라고, 아니면
정중하게 나와서 환영해 달라고,
문은 열리지 않고 인기척도 없는 게
외출 중이겠지, 고개를 끄덕이고
끄덕인 김에 문고리에게
다음에 오겠다고 인사하고는
느리게, 느리게 흐르는 계단을 따라
바람은 계단을 묶으면서
내려간다

냅다

하나 남은 잎을 버린 오동나무
금강역사로 우뚝 서서
청명한 하늘에 날아오르기 전 잎담배 한 대 장전하며 긴 연기를 내뿜는데요
어쩌자고 그 밑을 염소 한 마리 걸어와서 나무 허벅지에 대고 비비네요
오동나무는 자신의 팔 하나 꺾어서 냅다 염소 엉덩이 후려치니
염소는 화들짝 뒷발질하다 냅다 달리잖아요
염소는 골목을 빠져나와 대로에서 무단횡단으로 즐거운 입들이 기다리는 식당으로 냅다 들어가다가
그 입들보다 근수가 적다는 걸 알고
다시 냅다 길나는 대로 달리다가 금강건강원 앞에 섰어요
거기서 냅다 가죽을 벗고 목욕재계하고 이웃인 한약재, 생강, 대추, 콩, 들깨, 가시오가피, 버섯, 구운 마늘, 헛개나무를 만났어요
중탕기 뚜껑을 꼭꼭 잠그고 며칠간 화염지옥에서 온몸이 녹아 서로 하나되었어요

자, 이제 당신의 부실한 입을 위하여 냅다 달려갈 준비가 되었으니

냅다 불러주세요, 나를!

신세계

꽃이 폭발한다고 하면 진부하네
그러나 꽃이 시한폭탄 가방을 들고
여행을 간다고 하자, 새로운 말이
달리며 한 세계가 소멸하고
신세계가 열리네

공사판 함바집 벽에
먼지는 현장의 비타민씨여, 씨발!이라고
못으로 긁어 쓴 글이 신세계를 여네

드문 예로 사람도 가끔 폭발한다고 하네
꼭, 열 받아서 그렇지는 않지만, 깔끔한
인체자연발화 현상도 있다고 하네
그는 셀프로 폭발하여
신세계의 그녀를 만나러 갔다네

그렇게 신세계가 열리는 동안
지구로부터 38억 광년 떨어진 우주에서
태양 밝기 5천700억 배나 되는 폭발로

인간이 머리털 나고 가장 강력한 초신성이 관측되었다네
그 먼지와 부스러기들이
꽃과 못으로, 혹은 사랑까지도
그녀가 숨 쉬는 콧구멍에서 열리네

스마트 좀비

누가 그런 줄 알았겠어요
좀비는 좀비끼리 스마트하게
사랑하고 통한다는 걸
스마트폰으로 스마트하게
세상을 뒤집기도 하고
제 입맛에 맞게 요리해 꿀꺽한다는 걸

길 위를 걷는 어린 좀비를 따라
늙은 좀비가 뒤따르네
손에 붙어 버린 스마트폰을 저마다 들고
고개를 숙이고 좀비들끼리 부딪쳐도
뜯어먹지도 않고 아무 탈 없이 질주하네

지하철 전동차에 탄 좀비들
떨리는 손바닥 위엔 스마트폰 펼쳐 놓고
지상의 좀비들과 아수라의 축포를 터뜨리는데
스마트폰 성감대와 손가락이 닿는 순간
좀비 제국 입구를 혀로 핥네
광신도와 맹인과 떠돌이 잡상인이 외쳐대도

끄떡없이 고개를 박고
스마트폰 제국의 좀비들과 열애 중이거나
피 터지게 싸우네

좀비 바이러스는 멀쩡한 하늘에 벼락 치듯
손바닥을 타고 눈을 통해
내가 바로 너다, 라고
철썩! 한몸이네

스마트 좀비여, 다행히
아직도 밥은 먹고 있구나

왼손을 위한 협주곡*

오른손이 바닥을 치자
음지쪽 고사리로 움츠려 있던 왼손이
새싹으로 돋아나 말풍선을 만드네

눈길에서 언제나 벗어나 있던
음지의 말이 튀어나와
귀를 간질이고 잡아당기네
왼손이 이끄는 대로 유랑하는 발길은
용문龍門을 지나 별빛 쏟아지는 사막으로 갈 거라네
용녀龍女의 젖가슴 위에서 흔들리는 신용문객잔新龍門客棧
왼손으로 문을 열면
외팔이 악사의 마골호 켜는 소리에
오른손은 희미한 옛사랑의 통증을 느낄 거라네
악사와 독주를 마시고 이별하겠지
하얀 사막의 밤을 지나
별빛이 점점 여명으로 스러지고
사막의 물이 마른 걸 보니
용녀는 떠나갔을 거라네

드디어 나도밤나무 앞에 서서
죽은 가지를 오른손으로 삼고
살아서 뻗어 있는 가지를 왼손으로 삼아
그녀가 떠나간 쪽으로 돌다가, 다시
그녀가 올 거라는 기다림 쪽으로
돌아가면, 희미한 옛사랑의 오른손이
위로하는 술잔에 왼손은 독주를
철철 넘치게 올리고 나도 이제
나도밤나무 하나쯤 안아 보고
싶어질 거라네

* 오스트리아의 피아니스트 파울 비트겐슈타인을 위해 모리스 라벨이 작곡한 음악, 김승희 시집 『왼손을 위한 협주곡』에서 제목을 빌려 옴.

일식

푸르고 붉은 산소 용접기로
달과 해를 붙이는 순간,
절커덕거리는 소리가 들리며
지상의 별들은 서늘한 푸른색으로 반짝거렸고
나무는 더욱더 짙푸르다 못해
우주의 희미한 그림자로 누워 있고
나무에서 갓 태어난 새들은 파랑의 파랑새,
파랑새 사람들 귓속을 파고들며
포르릉 포르릉 머릿속을 날아다닌다

남자, 허리 한 번쯤 휘청거리다
줄 끊어진 가오리연처럼 흐느적거리고
여자, 젖꽃판이 부풀어 오를 대로 올라
지상의 꽃들은 서늘해지고,
술통의 술은 깊고 푸른 기억을 마치고
봉인의 말뚝을 풀면 천정天庭은 붉은 보자기에 감싸인다
사람들, 붉은 입속에서 튀어나온 말은
어눌하게 더듬거리며 지치지 않고
태양의 반점까지 달려가지만,

산소 용접기에서 뿜어 나오는
붉고 푸른 불꽃 소리에
젖꽃판이 닫히고
말은, 또 더듬거리며 파랑새를 따라
날아다닌다

보르헤스의 눈동자

오후에 미친다는 안데스의 태양
작열하는 빛의 화살들
빛은 나무를 관통하여 열매로 익어가고
바람이 분다
흔들린다
열매들 떨어지고
나는 눈을 감고 듣는다
눈꺼풀이 떨리고
흔들리는 오후가 거울에서 스며들 때
지상의 중력은 사라진다
나른하게 떠간다
거울을 씻고 손을 씻고 얼굴을 씻고 거울을
본다 복사된 나의 너가 눈을 반들거리며
복사기를 자동으로 작동한다
무수히 쏟아지는 검은 눈동자
빛의 왜곡과 굴절
반복되는 오독과 찌그러지는 음악
지상과 공중의 정원을 거쳐 흩어지는
빛과 바람은 늙지 않고

침식되는 시간을 건드린다
낯익고 거친 손길이
나에게 다가와 건드린다

굴참나무

저녁 아궁이에
노을이 타고 있을 때

쪼개진 굴참나무 장작에서
바다 냄새가 한창이다

카바이드 불빛 아래
굴을 까던
연인의 손이
비리다

2부

목도리 봉별기逢別記

뭉크의 절규

기차 지나가는 소리에
쇠종이 절규했다

기차는 멀리 사라지고
쇠종만 울었다

가만히 들어 보니
거짓말이라고 했다

밤의 고드름

차갑게 열 받아
뿔난 짐승

허공에 못을 박고
바짝 달아오를 때까지

붓글씨를 쓰다가
온몸으로 절필하네

완두콩

지하철 계단에서 완두콩을 까고 있는 늙은 여인
손이 부지런하다. 아무리 봐도 콩을 사는 사람은 없고,
바삐 지나가는 사람들
이미 가망 없는 뻔한 업業이지만
여인의 주름진 손이 염주를 굴리듯
콩 껍질에 희미한 때처럼 비쳐 오가는 그림자를 어루만진다
콩은 시간이 갈수록 오도카니 쌓여 가는데, 어찌어찌
껍질 안에서 빠져나온 콩 하나가
지하철 계단을 콩콩콩 내려간다
땅속으로 들어간 콩의 유전流轉이야 뻔하겠지만
그때부터 여인의 손에서 완두콩 넝쿨이 쑥쑥 뻗어 나와
하늘로 푸르게 푸르게 올라간다

구름 편지

구름 편지 받아 보신 적 있는지요
스치는 바람에 실려 오는 건 다 아시겠지만
가끔 빨랫줄에 걸리기도 하고,
빈 참치 통조림 캔 속에 들어오기도 하고,
잠자는 아기 손에 잡히기도 하고,
고양이 털에 날려 오기도 하고,
드디어 발바닥을 떠받들며 푸른 바다까지
끊임없이 구름 편지가 와요

구름 편지는 비처럼 내려 씨앗처럼 자라나요
씨앗은 빨리 자라나 빨랫줄을 들어 올리고,
씨앗은 뾰족하여 통조림 캔을 뚫고 참치를 바다로 보내고,
씨앗은 딱딱해져 아기를 태우고 목마처럼 달리고,
고양이는 구름을 돌돌 말아먹고,
드디어 씨앗은 너무 빨리 자라나 하늘까지 올라가요
아, 그렇다고 하늘을 바라보니
편지가 둥둥 떠 있다고 말하지 마세요
그냥 끝없이
끝없는 구름 편지가 와요

목도리 봉별기逢別記

목도리는 외출 중의 애인이었다
언제나 습관처럼 서로 목을 포옹하며
우리는 갖은 폼을 잡으며
과장된 표정으로 포근한 겨울을 바라보던 날,
목도리를 살짝곰보 식당에서 잃어버리고 나니
혹독한 겨울이 돌아왔다

택시를 타면 길이 막히듯,
그 흔한 공짜 선착순도 내가 줄을 서면 마감하듯,
겨울은 길고 상실의 아픔은 짧았다

지구 온난화를 잠재울,
오랜만에 매서운 겨울 한파가 왔다
너무 추워서 개미의 이동도 없었다
다시 세상은 순리대로 잘 돌아간다고
걱정하지 마시라고 할 때,
나는 목이 시리고 허전하여
목도리를 살까 말까 망설이다가
차라리 곰처럼 겨울잠을 잘 것이다

어느 날, 행방이 묘연한 목도리가 살짝 돌아왔다
꽃샘바람이 떠나고 나무들의 연초록이 돌아올 즈음
살짝곰보 식당에서 일어난 일이다

노숙

지하 보도를 밟고 가는 발소리가 꿈결에 스며도
꿈은 계속된다 드잡이하는 소리에 꿈이 흩어진다
흩어진 꿈속에서 겨우 잡은 꿈 한 조각

꿈 한 조각은 티브이로 태어난다
티브이를 켜자마자
아름다운 집과 가족이 나온다
동화 같은 풍경에서 한때는 나도
티브이만큼 꿈꾸는 세상에 살았다
어, 꿈이구나, 채널을 바꾸자

종이상자에서 나오는 건 내가 아닌가
아니, 상자 자체가 바로 나다
낭만적인 집시풍의 음악이 나오면
다리를 절룩거리며 술 취한 남자가
걸어 나온다 내 모습이 아닐 거야
이것도, 꿈이야, 채널을 바꾸자

상자 속에서 지나간 신문의 활자가 종종 걸어 나온다

지나간 기사에서 나는 도산한 기업의 한 점이었고
나는 나를 완전히 파산했기에
오래전에 이 세상 사람이 아니다
하나, 이것도 꿈일 거야, 채널을 바꾸자

상자가 드디어 점이 되었다
나는 종착지인 마침표에 도달하여, 드디어
완전한 한 문장을 마감했다

밤을 주제로 한 두 편의 시

밤에만 문을 여는 참나무식당이 있다
가마솥을 걸어 놓은 아궁이엔 늘 참나무 장작 타는 냄새가 좋았다
기둥들이 하늘로 뻗어 있고 가마솥에서 나오는 순댓국이 일품이고 괜찮은 사람들이 모이는 장소
특별한 것은 밥값 대신 시를 한 편 제출하는 거,
주인은 시를 읽지도 않고 참나무 장작 불길 속에 던져 넣지만
오늘은 '밤을 주제로 한 시' 두 편을 주인에게 제출하고 나가야 한다
그러지 않을 때 주인은 참나무로 머리통을 후려칠 것이다
일전에 밥값으로 돈을 주다가 머리통이 깨질 뻔했다
그런데 아무리 온몸을 뒤적여도 써놓은 시는 없다
겨우 양말에서 달랑 나온 게 냅킨에 쓴 "양발을 빗고"란 구절이었다
사실, 사인펜으로 휘갈긴 글씨는 양발인지 양말인지도 헷갈렸다
양발로 살아왔지만, 아니 그렇게 버티고 외쳐 왔지만

빗고가 벗고라면 양말인 듯한데, 그것 때문에 고심
빛바랜 국어사전도 도움이 안 되었다
해답을 찾기 위해 주변의 장님나라 애꾸왕과 벙어리나라의 금붕어왕에게 물어봤다
문제는 이때부터 우왕좌왕 사람들이 헷갈리는 것이었다
결국 ㅂ과 ㅁ의 차이라며, 차라리 양말을 벗어 보면 어떻겠냐고,
사람들이 양말을 벗었는데, 발 냄새가 진동했다
발 냄새와 술 냄새, 음식 냄새가 짬뽕이 되어 식당이 폭발할 것 같았다
난 아직 양말을 안 벗었지만, 아니 벗을 생각을 안 했지만
이제 벗어야 한다는 생각에 벗었다
순간, 여기 모인 사람들의 모든 냄새를 합친 것보다 더 심한 악취가 났다
양말을 활활 타는 참나무 불길 속으로 던져 넣자
양발 속에서 시가 나왔다

불리할 게 없는

알제리계 프랑스인이 흐린 목로로 다가와
백 달러를 주면 두 장으로 만들어 준다고,
비밀이라고, 특수 기계가 있는데,
물에 넣어서 분리하면 열두 겹으로 나누어진다고,
앞뒤를 똑같이 복사하여
붙이면 이백 달러가 된다고,
믿으라고, 당신이 착해 보여서
특별히 알려주는 것이니,
마음에 있으면, 아침에 쿠알라룸푸르호텔로,
백 달러를 갖고 오라고,
불리할 게 없는,

알제리계 프랑스인이 가고 난 뒤,
무어 양식과 중국식이 혼합된 목로에,
차이나 드레스를 입은 그녀의 눈빛은,
표범처럼 검게 반짝거리고,
가무잡잡한 그녀 몸에서 고무나무 상처 냄새가 나고,
그녀도 백 달러만 주면 술은 서비스라고,
오늘 밤 은밀한 곳까지 새겨진 문신을 보여줄 수 있다고,

벨벳 모자를 쓴 늙은 중국인이 다가와
가짜 달걀을 모자에서 하나씩 꺼내다가 아예,
마대 자루에 모자를 거꾸로 세우자, 달걀이
폭포수처럼 쏟아지는데, 이 벨벳 모자를 백 달러에 사
라고,
그러면 당신은 떼돈을 번다고, 단
오늘은 모자를 건드리면 안 된다고,
불리할 게 없는,

백 달러밖에 없는 걸 어떻게 알고,
내일 알제리계 프랑스인을 찾아가야 하나,
늙은 벨벳 모자를 바꿔치기해야 하나,
오늘 표범 같은 여자와 정글을 달리며,
그녀의 몸에 새겨진 문신을 읽어야 할까,
불리할 게 없는,

꽃다지와 노점 소년

보도블록 뚫고 꽃다지 피었는데
옆에 멍하니 주저앉아 있는 리어카
난민촌 막사처럼 재활용 박스와 고물들
꽃다지만 낮은 자세로 바퀴를 톡톡 건드리며
뭐라고 조잘거리네
누구 한 사람 사지도 않는
희망 없는 뻥과자, 부스러기만 수북한데
무엇이 좋은지 연신 웃으며
빈 도시락을 흔들며 손뼉치는
정신지체 2급의 빡빡머리 소년
땡볕 아래 리어카는 빠짝 달아오르고, 소년은
빼곡하게 쌓인 재활용 박스 속에서
까만 성경책을 꺼내 들고 고개를 갸우뚱거리다
깊이를 알 수 없는 멍한 눈으로 펼치며
늘 푸른 갈릴리 호수를 바라보네

까만 책장이 펄럭이면
북부 메이론산에서 불어오는 습한 바람이 엄습하고
난민촌 막사를 휘몰아치는 모래폭풍 속에서

소년은 지그시 갈릴리 호수를 바라보네
이윽고, 요르단 강 물줄기는 보도블록을 적시고
리어카는 길게 늘어져 공복에 또, 한 끼를 건너가네

이름

모르지? 저 꽃 이름이 뭔지
모르지, 그럴 때가 있어
분명히 알고 있는데, 그러니까 경주 남산 기슭 어느 토담 담벼락을 안고 흐드러지게 핀 꽃이다가 연분홍 물방울 원피스 입고 살랑거리다 바람나 야반도주한 약속다방 주인 여자 뒷모습 같은 1970년대풍 에피소드 같기도 하고, 그러는 그 꽃은 은행나무를 껴안고 돌다 그만 나무의 수압이 찰랑거리는 데서 화들짝 피어 있는데,
그래도 모르지
당신은 내가 모를 줄 알고 모르지! 하는 순간
불덩이처럼 저공비행으로 날아오는 고추잠자리 떼에 눈이 팔려나갔어
69로 붙은 고추잠자리 한 쌍이 너무 예쁘게 날고 있잖아
그때 난, 알았어 이름이 지워졌다 바뀌는 걸
그런데 당신이 모르지! 라고 묻는 순간, 그만
까맣게 까맣게 핵폭탄이 폭발하면서
당신의 말이 지워지고 수많은 생각이 먼지로 사라지는데
모르지! 라는 벼락같은 소리에 그만 번개처럼 꽃 이름이 떠올랐어

“번개꽃이야” 다른 말로 “벼락꽃”
줄여서 “별꽃”

당신과 나는 웃었지

떨림

국민학교 때 금자金子가 국어 교과서를 읽으면 떨렸다
그 목소리와 몸이 얼마나 떨리는지
김씨金氏 미곡상米穀商 도라꾸 조수가 시동 걸려고
엔진 구멍에 쇠파이프를 넣고
온몸을 시계 방향으로 잡아 돌리면
더벅머리 조수도 온몸이 사시나무 떨듯
사람이 먼저 시동이 걸리고, 이윽고
도라꾸는 우당탕거리며 시동이 걸리는데
그때 도라꾸 떠는 모습은 금자에게 훨씬 못 미쳤다
얼마나 떨리는지 책상과 의자가 떨고,
이어서 흑판과 주전자도 떨고,
전교생과 교감 교장까지 떨고,
드디어 국민학교도 떨고
나무와 새가 떨고
바람도 떤다

그 이후 떨림은 사라지고
너도나도 무대 위의 연기파, 떠는 건 없고
날카로운 첫 키스의 떨림도 까마득해져

어쩌다 떠는 건 떤다는 약속으로 떨고
미아리고개 방울도사 복채 받고 떨고
그 떨림은 어디로 사라졌나
번개처럼 지나간 떨림

자갈의 마음

자갈이 웃는 건
마냥 깔깔거리는 게 아니라
무조건 좋다고 다가와서
웃는다고,
깔깔거린다고 생각하시나요?

오래전 아득한 날부터
물살과 바람과 함께
그렇게 말없이 기다리며
그렇게 기다려 준 마음에 우연히
지나가는 나그네 같은 그대
다가와서 만지고 쓰다듬다
돌팔매질하다가
잘 안 되면 탓하고
그것도 신통치 않으면
파헤쳐 별짓을 다 하잖아요

왜 건드리고 분쇄하고 처바르고
마당에 깔고 그러나요

이제 제발 건드리지 말고
가만히 가만히
좀, 쉬자고요

목간농업木簡農業

별빛이 시퍼렇게 눈썹을 찔러 와
가슴을 후벼 파고
종내 소출 없는 자갈밭 고랑을 일구게 될까마는
몸은 이미 눈먼 짐승이 되어
밭고랑을 파더라도 저 푸른 대나무 언제 심어 날까
경작을 끝낸 이는
사랑을 찾아 대처로 떠나갔네
얼추 떠났다가 돌아온 이는 없고
돌아온 건 등짝에 목간을 한 짐 지고 있는
눈에 푸른 불이 뚝뚝 떨어지는 귀신밖에 없네
목간을 자갈밭에 쏟아 붓고는 이런 농법이 어디 있느냐고
각다귀 귀신처럼 자갈을 물어뜯으며 소란하네

애당초 그런 사랑이 올 리도 없는데
왜 별빛을 쟁기 삼아 돌밭을 갈아엎고 있는지
먼저 떠나간 이가 보낸 편지를 벗 삼아
푸른 죽간에 답장이나 써볼 요량이나 있는지
혹시, 돌 틈을 뚫고 푸른 대나무 뻗어 나와

별빛을 먹물 삼아 바싹 말라 날아갈 듯한 죽간에
정작, 닿지도 않을 저 먼 사랑에 부쳐 볼 수 있을는지

감별전鑑別傳

한밤에 루핑을 때리는 무섬 소리
오냐, 오늘 기필코 어디 만나 보자

팬티 바람에 달려가 보니
감 떨어지는 천둥소리

먹을 수도 없는 떫은 어린 감이
별똥별처럼 떨어지고

아득한 시절 어린 눈동자엔
별똥별이 쏟아지는데

이제야 별 지는 소리 들었는지요

3부

두루마기 편지

늙은 이발사

비 오시는 날 옛날 이발관엘 가네
문을 열면 뽕짝이 흐르고
빛바랜 액자 뒤안 앵두나무 우물가
그림 속 여자는 떠나갔네

내 머리를 깎는 늙은 이발사
고수가 목을 따내듯 소리 소문도 없이
음악처럼 머리를 손질하네
정글을 달리던 갈기의 기억은 잘려나가
바닥에 흩어져 못다 한 수다를 떨고,
창을 두드리는 비, 하염없는 비의 혀는
비 맞은 중처럼 중얼거리는 머리카락을 잡고,
앵두나무 우물가 여자 얘기에 여념이 없네
이별 이후 기억이 자라나는 머리는
졸음 속으로 쏟아지다가
머리의 행방을 찾는 또 다른 머리여,
그 머리 어디 갔나 했는데,
머리 허연 이발사 내 머리를 빗질하네

비 오시는 날 옛날 이발관엘 가네
머리를 늙은 이발사에게 내주고
새 머리를 받으면, 난
앵두나무 여자와 이별하고,
양복을 입고 정글을 활개치고 다니네

백 년간의 고독을 지나
나도 허연 백발이 되어
늙은 이발관엘 찾아가면,
비 맞은 중처럼 중얼거리는
머리 자루에 쓸어 담고 떠난 그 이발사,
어디 저편으로 갔다는 소식에
해진 양복을 입고, 난
앵두나무 여자를 그리워할 거라네

8안중근9

안중근은 1909년 2월 9일 러시아와 중국의 경계에 있던 얀치허 부근 하리 마을에서 태극기를 펼쳐 놓았다. 무겁고 예리한 칼로 왼손 무명지를 단번에 잘랐다. 흘러내리는 피로 태극기 앞면에 '대한독립'이라고 썼다. 대한민국만세를 세 번 불렀다.

상처의 통증은 사라지고 9개의 손가락이 온전했다.

1909년 10월 26일 오전 9시 30분 만주 하얼빈역, 안중근의 7.62mm 구경 FN 브라우닝 M-1900 총구에서 권총탄 7발이 불을 뿜었다. 3발은 이토 히로부미伊藤博文에게 적중했다. 다음 세 발로 가와가미川上 하얼빈 총영사, 모리森 궁내부대신 비서, 다나카田中 만철 이사 등 일본인 세 명을 추가로 명중시켰다.

(전원 부상, 사망자는 없다.)

그리고 한 발은 수행원 나카무라中村와 무로다室田의 바지를 관통했다.

살아남은 자는 오줌을 쌌다. 그래서 살았다.

이토는 피격된 세 발 중, 폐에 맞은 두 발이 치명상이 되어 15분 뒤 사망했다.

약실엔 1발이 무명지를 잘랐을 때처럼 화끈거리며 발사대기 중이었다.

총탄은 총 8발

안중근을 기소한 일본 미소부치溝淵孝雄 검찰관은 논고문에서 다음과 같이 썼다.

"피고는 권총을 다루는 데 노련한 자로, 빗나간 총알이 한 발도 없었다."

"피고는 공작公爵이라고 생각하여 선두에 네 발을 발사하고, 혹시 공작이 반대 방향에 있을지도 모른다는 생각에 한 치의 실수도 없도록 하기 위해 방향을 바꾸어 세 발을 더 쏘았다."

"이 권총에 사용하는 탄환은 1발 5전 5리라고 하니, 세계의 대위인 이토 공의 목숨을 3발의 탄환, 즉 겨우 16전 5리로 빼앗아 간 것이 된다."(〈오사카마이니치신문〉, 1909. 10. 30.)"

"흉한兇漢은 명사수로 공公을 명중한 총탄의 간격이 약

6cm를 넘지 않았다."(〈모지신문〉, 1909. 11. 1.)

안중근이 7발을 쏘고 권총을 땅에 팽개칠 때, 현장은 정지되었다. 황홀한 진공이었다. 멍하게 얼이 빠진 러시아군 눈동자엔 그저 하얀빛만 보였다. 그 누구도 그를 잡지 못했다. 총소리에 귀가 눌러붙은 듯, 멍하니 뒤로 나자빠져 그의 사격만 구경했을 뿐이었다.

안중근은 1910년 2월 14일 사형을 언도받았다.
그는 항소를 포기하고 3월 26일 오전 10시
그때처럼 8과 9 사이로 걸어갔다.
약실은 아직 뜨겁고 발사 대기 중이다.
왼손 무명지의 통증이 느껴진다.

강진만

다산초당에서 혼자 곰곰이 오지 않을 사람을 생각하면
만덕산 골짜기 가슴 미어지게 흐르는 물은
울고 있는 돌을 어루만지고
늘 푸른 소나무 잔뿌리와 주절거리며
온몸 마디마디 저미도록 만나는 것들을
경전 쓰듯 물의 내장과 뼈에 새겨 쓰며
강진만으로 흘러가네

강진만 바다가 가슴 시리도록 쪽빛으로 빛날 때
오지 않을 사람을 물 위에 그려 보내야겠네
만덕산 골짜기로 흐르는 물은
잡을 수도 없고
가슴 두근거리며 물을 잡아도 벌써 저기
강진만 쪽빛은 하얀 포말로 반짝거리고
물에도 뼈가 있어 바다는 출렁거리네

봄, 한다

금방, 하늘에 방울소리 딸랑거리며
날아온 파랑새 한 마리
파랑새 한 마리 물푸레나무 건드리면
나뭇가지마다 뿔이 솟듯 뾰족 돋아나는 푸른 잎
나무, 온몸으로 출렁이며 푸른 강물처럼 흐르네
봄이 부는 피리소리는 늙지 않아
나무가 나무로 태어나는 시간은 다시, 처녀이지만
봄바람은 타고난 솜씨로 나무와 접하며 춤추네

나무여
땅과 하늘에 서로 뿌리 뻗고 서 있는 나무여
지상의 모든 모래를 담은 너무 큰 모래시계
깨지고 날아갈까 봐 불안하고 두근거리지만
봄 피리소리에 처녀막 몸 하면서
밀고 올라오는 사막의 폭풍, 달리는 천 마리 말
그 죄 없는 마력으로
나무는 뜨거운 모래 두레박 끌어 올리면
모래로 가득 찬 가쁜 숨, 얇은 막 사이로
터져 나오는 푸른 잎들이여

가끔, 견딜 수 없는 나무 안의 뜨거움에
뿔 달린 파랑새 막을 뚫고 날아가네

가을, 한다

가을은 가만히 있어도
가을 피리 하나 생기는구나
피리소리 밤하늘에 별빛을 흘리고
한여름 밤의 꾸었던 꿈은
수다스러운 소금쟁이 소금가마 등에 지고
은하수에 풍덩 빠져 소금은
더 은근히 단단해져 별빛처럼 빛나네

금간 지상의 땅, 피리소리에
온 시름 다 주름으로 여며
더 아늑하고 거친 땅과 나무는
연인의 유두乳頭에서 으깨져 솟아나는 유자 열매 맛
과육의 부드러운 살결은 새콤달콤하여
입안이 울긋불긋한 나무와 나무는
단풍단풍 얼크러져 활활 불길로 달려가네

가을 피리에 취한 술이 다시, 깨어
왼손이 권하는 술잔을 오른손이 잡는데
궁창에 높이 떠 있는 희미한 달은

누구에게나 달떡을 입에 물리기도 하여
뭐라고 말도 못하게 하고
5촉짜리 등불 켠 달맞이꽃이 환하게
가을 피리를 찾고 있네

두루마기 편지

고향에 혼자 사는 어머니 두루마기 사준다고 한다
명절 때나 고향에 갈 때마다
근 3년 동안 그렇게 얘기했다
필요 없습니다
요즘 누가 두루마기 입나요
어머니는 인근 안동에 한복 잘하는 집 있다고
직접 맞춰 주려고 한다
입을 일도 없는데 정말 필요 없습니다
요즘 누가 두루마기 입나요

어느 날 아침 9시,
어머니한테 농협이라며 전화가 왔다
농협 직원 바꾸어 줄게 통장번호 부르라고 한다
아예 직접 맞춰 입어라, 하며
백오십만 원을 부쳤다
한 푼, 두 푼 모은 돈
왜 그리 부쳐 주려고 그러는지
이해가 안 되었다
새삼스럽기도 하지만

새장가갈 일도 아닌데
아니, 내가 두루마기 입을 일이나 있나요
아무튼 돈 부치니 꼭 한복 한 벌 하고 두루마기 해 입어라

아마 그럴지도 모르겠다
내가 서울서 발가벗고 다닌다고
벗은 채 막춤이나 추고 다닌다고
이제 어른 되라고 점잖은 어른 되라고
그게 안쓰러워 두루마기 맞춰 주려고 그러셨는지

붉은 단풍은 쉬이 지지 않고
가을 하늘에 한 땀, 한 땀 수놓을 때
고향에 혼자 사는 어머니한테 두루마리 편지가 왔다
인터넷과 스마트폰 시대에
요즘 누가 편지 쓴다고
긴긴 두루마리 편지,
끝없는 편지

바람길

바람이 지나가는 길에 서서
바람을 잡으려고, 아니
홀랑 벗고

알몸으로 바람을 맞이하여
두 주먹에 넘치도록 꼭 쥐어 보고
온몸으로 껴안아 봐도

잡히는 건
적막강산

연애편지

구절리에서 아우라지로 가는 레일바이크*를 타고 페달을 밟으면서 알았다. 바퀴가 레일 위를 타고 미끄러져 가면서 절커덕, 절커덕 소리가 나는 걸. 레일이 쭉 뻗어 가다가 그 길이를 다하고 다시, 연결되기 전 서른이 오기 전에 쓰다가 쓰다가 버린 연애편지 서른 장이 들어간 틈새 위로 바퀴가 지나갈 때 소리가 난다. 절커덕, 절커덕거리며

기억의 한편으로 달려갔던 기차가 철로 위를 달릴 때 왜 절커덕, 절커덕거리는지 레일바이크를 타면서 알았다. 틈새를 바퀴가 바느질하듯 다림질하듯 구겨진 연애편지를 다시, 펴면서 지나가는 소리가 절커덕, 절커덕거리며 내 가슴을 두드리며

* 레일바이크: 철로 위를 달릴 수 있게 한 자전거

개화기
— 생활의 재발견

와불의 무릎에 꽃이 언제 피는지 궁금했다

언젠가는 와불이 우뚝 서서 세상으로 뚜벅뚜벅 걸어가는 상상을 해봤다
문제는 일어날 때 혹처럼 붙어 있는 지구마저 갸우뚱거려 위아래 축이 바뀌어 인간들이 상할까 봐 걱정이다
와불이 일어나지 않고 누워서 꿈만 꾸는 것도 일리가 있다
그래도 무슨 좋은 수가 있다면, 무릎에 꽃이 피기만 하면 세상은 서천 꽃밭처럼 황홀할 일이 생길 듯하다
무릎에 꽃이 피려면 지상의 꽃이 다 져야 핀다
지상의 꽃은 언제 다 지나, 동에서 지면 서에서 피고 남에서 지면 북에서 피어나니 꽃이 피고 지고 쉴 틈이 없구나
이래서야 어느 천년에 하늘을 뚫을 구리기둥 꽃을 피우겠나!
지상의 인간들이 피우는 꽃자리만 지워주기만 하면 찰나에 와불이 피우는 꽃을 볼 수 있다고 한다
꽃이 잎과 님 사이로 줄기와 날개 사이로 어렴풋하다

나방
— 생활의 재발견

소금은 몸속에서 일어나는 거의 모든 대사 반응에 필수적인 성분이다. 많은 동물은 소금 부족을 메우기 위해 '소금 사냥'에 나선다. 동물들은 저마다 소금 핥는 곳을 확보하고 있으며, 어떤 동물들은 흰개미탑과 다른 동물의 땀을 이용하기도 한다.

과학 전문 월간지 『사이언티픽 아메리칸』은 가장 기묘한 방법으로 소금 사냥을 벌이는 나방의 생리학을 소개했다. 어떤 나방들은 소금을 얻기 위해 몇 시간 만에 40㎖의 물을 게걸스럽게 마신다. 이 양은 사람으로 치면 4만ℓ에 해당하는 것으로 1초에 4ℓ를 마셔야 하는 양이다. 과학자들은 웅덩이의 물을 마시는 나비와 나방을 오랫동안 관찰하고서는 소금에 대한 갈망이 이런 행동을 하게끔 한 것이 아니냐는 의심을 하게 됐다.

1970년대 들어 연구가들은 실험실에서 소금의 농도를 점차 높인 여러 종류의 소금물을 이들에게 주었다. 그러자 이들은 항상 가장 소금 농도가 짙은 소금물을 마셨다. 코넬대의 화학생태학자인 스코트 스메들리와 토머

스 아이스너는 자연계에서 물휘젓기 챔피언인 수컷 글루피시아 나방을 연구한 끝에, 이들이 소금을 얻기 위해 물을 휘젓는다는 사실을 밝혀냈다.

이 작은 나방은 길이가 1.5㎝밖에 되지 않지만, 3시간 30분 동안 38㎖의 물을 마신다. 이는 자신의 몸무게 6백 배에 해당하는 것이다. 이들은 물을 마시면서 몸속에서 소금 성분을 섭취하고 난 물을 강력하게 뿜어내 무려 0.5미터 밖으로 내보냄으로써 소금기가 있는 물이 묽어지는 것을 막는다. 코넬대 팀은 이 나방이 내보내는 물의 염도가 마실 때 물의 농도보다 묽다는 사실을 알아냈다. 이들이 물을 마시는 이유는 바로 소금이었다. 이 수컷 나방은 물속의 소금을 걸러내는 체의 구실을 하는, 특수하게 내뿜는 입과 소금을 더 잘 빨아들이는 긴 내장을 가졌다는 사실도 알아냈다.

수컷 나방은 일주일 이상을 살지 못한다. 왜 이 수컷은 이처럼 정교한 생리와 행동을 발전시켜 왔는가. 여기에 대한 부분적인 대답으로 과학자들은 앞으로 태어날 나방의 새끼를 위해서라고 밝히고 있다. 이 나방의 애벌레는 포플러 잎을 가장 좋아하는데, 여기에는 소금 성분인 나트륨이 결핍돼 있다. 하여, 책임감 있는 어미라면 자신의 새끼들이 자라는 데 필수적인 나트륨 이온을 무더기로 주는 방법을 찾아야만 한다. 이 짐이 수컷에게 지워졌다. 암컷 나방은 이런 물 마시기를 하지 않는다.

아이스너 등은 수컷의 생식 시스템에 나트륨이 농축된다는 사실을 보여줌으로써 이 이론을 입증했다. 정자 주머니를 통해 수컷은 짝짓기를 벌일 때, 많은 소금을 암컷에게 전달한다고 그는 결론을 내렸다.

문득, 어머니의 짠지가 생각나는 저녁이다.

* 〈한겨레신문〉 안종주 기자가 쓴 기사에서 빌려 옴.(1996. 3. 30. 13면)

똥개
— 생활의 재발견

낯선 곳에서 어디가 남쪽인지 북쪽인지
감조차 안 오고 나침반도 없을 때
개가 똥을 누는 모습을 살피면 된다.*

처음엔 개가 가리키는 방향이 의미가 없는 것처럼 보였다. 연구진은 데이터에서 태양 흑점 폭발이나 지자기地磁氣 폭풍처럼 지구의 자기장에 영향을 미칠 수 있는 시기에 기록한 것들을 제외했다. 나침반도 이런 시기에는 제멋대로 움직이기 십상이다. 새로 분석한 결과 지구 자기장이 안정된 상태일 때 개들은 평균 173/353도 방향으로** 몸을 돌리고 배설을 하는 것으로 드러났다.

배변인 경우엔 암수 모두 자기磁氣 남북 방향을 선호했다. 반면 배뇨는 배변 자세와 차이가 없는 암컷에서만 남북 방향으로 나타났다.

연구진은 왜 개들이 남북 방향으로 서서 용변을 보는지 이유는 밝히지 못했다. 다만 "사람이 길을 가다가 지도를 보듯, 용변을 보는 동안 주변 위치를 파악하기 위해 남북 방향으로 자세를 잡을 수도 있다."고 추정했다.

일부에선 반박 의견도 나왔다. 연구진이 원하는 결과에 맞는 데이터만 추렸다는 것. 2008년 소의 자기장 감지에 대한 논문도 재현되지 않는다는 비판이 일었다. 이에 대해 연구진을 이끈 하이넥 부르다Burda 교수는 "반박 논문은 자세를 잡기 어려운 경사면이나, 자기장이 교란되는 고압 전선 아래에 있는 소들까지 분석에 포함했기 때문"이라고 반박했다.

그러고 보니 우리 동네 골목에 선 전봇대도 북쪽으로 설핏 기운 듯하다.

* 독일 뒤스부르크-에센대와 체코생명과학대 연구진은 2년간 37종의 개 70마리가 용변을 보는 모습을 분석했다. 배변은 1,893회, 배뇨는 5,582번이었다. 연구진은 이때 개의 머리와 몸이 가리키는 방향을 기록하고 통계를 냈다. 2014년 1월 9일 조선일보 B판 10면 이영완 기자가 쓴 사이언스 기사에서 퍼 왔다.

** 나침반의 바늘이 가리키는 북극을 자북磁北이라 한다. 지리상 북극인 진북眞北과 다르다. 자북은 지구라는 자석의 N극이고, 진북은 지구 회전축의 맨 위쪽을 의미한다. 둘은 11.5도 차이가 난다. 자북, 자남을 이은 선은 168.5/348.5도 방향이 된다. 개들이 용변을 본 방향과 거의 일치한다. 나침반이 가리키는 자북은 자기장 변화에 따라 조금씩 변하는데, 2005년 기준으로 캐나다 북쪽 허드슨만의 북위 82.7도 지점이다.

아사다 마오
— 생활의 재발견

빙판 위에서 연기하는 마오
왜 그렇게 가슴이 조마조마할까
자주 넘어졌던 기억의 불운일까
한국인으로서 당연히
김연아를 응원하면서도
개별적으로 마오가 신경 쓰인다
빙상의 여왕 김연아는
잘하겠지
그보다 마오가 신경 쓰인다

일본인 마오를 응원하지 않았지만
음악과 함께 빙판 위를 아름답게
수를 놓는 요정 마오!
이때가 가장 불안하구나
너무 많은 기대와 응원이 무거울까
또 넘어지면서 일어나는 마오의 미소
누구나 한 번씩은 넘어졌던 기억이 있겠지
한번이 뭐야, 셀 수도 없지
지금도 넘어지는데, 그러기에

마오가 빙판에서 넘어지는 건
세상에 넘어진 사람들의 기억

마오, 이제 안 넘어지면 좋겠지만
또 넘어지면 어때
누구나 모두 언제 넘어질지 모르는데,
마오가 빙판에 넘어질 때마다
넘어진 기억을 딛고
사람들은 또 일어나는데

반대

— 생활의 재발견

꽃이 피기 전
당신이 오른쪽으로 가면 난,
분명히 왼쪽으로 가겠어요

꽃이 필 때
당신이 붉은 태양이라고 하면 난,
밤을 달리는 기차라고 하겠어요

꽃이 지고 난 뒤
어쨌든 당신을 무조건 반대하겠지만
난, 당신을 사랑하겠어요

연꽃 소식

월요일 연꽃이 피는데
그때 만나고 싶어요
쭈글쭈글 주름져 검버섯 핀 그녀의 손이
핸드폰을 꼭 잡고 물기어린,
떨리는 목소리로 말할 때,
보이지 않는 먼지 가득한 지하철은 시끄럽기만 하고
말이 잘 안 들리는지 똑같은 말을 반복하네
그녀의 메마른 입술은 전동차 지나가는 소리에 갈라져
메아리치지만 동굴 속 먼 터널로 빨려나가고
흐느끼듯, 연꽃이 피는 다음 월요일에
그때 만나고 싶어요
그녀의 귓가에 붙어 있는 핸드폰이
그녀의 귓구슬 속으로 빨려 들어가자
그녀의 흰머리에서 금세 연꽃이 피어나네요

그녀는 용서한다

그녀는 아침에라도 용서한다고, 말하고 싶다
무엇인지 잘 떠오르지 않더라도
사소하고 알량한 그 무엇 때문인지 몰라도
지난밤에 용서하겠다고 말하지 못했지만
끓는 밤이 지나고 뜬눈으로 밤을 하얗게 지새우고
새벽 종소리가 머리를 흔들고 빠져나가도
그건 상관없다, 그저
괜찮아요, 괜찮아요 이 한 마디
그녀는 용서한다고 말하고 싶다

떨어지는 절벽에서 캄캄한 지하실까지
모든 연락이 두절되고
알약을 삼켜도 두통이 시작되고
장미는 가시를 집어삼키고 붉은 피를 토해낼지라도
괜찮아요, 괜찮아요 이 한 마디
그녀는 용서한다고 말하고 싶다

아침에 두서없이 출근하는 기계들
승용차를 몰고 버스를 타고 지하철을 타고, 혹은

타박타박 걷는 삶이 초라하다가도
무엇인지 확 떠오르지 않는
핸드폰으로 걸려 오는, 그녀의
괜찮아요, 괜찮아요 이 한 마디 때문에
세상은 죽었다가 다시 살아났다

이승훈 멸치

오세영 시인의 서울대 정년퇴임 때 세종문화회관에서 이승훈 시인을 만났다. 많이 아팠던 그의 뒷모습은 이제 초등학생처럼 가볍고 너무 수척해서 홀가분하다. 어쩌면 그가 평소에 맥주 안주로 즐겼던 멸치 같다.

난 맥주를 즐기지 않지만, 지금 내 앞에 앉아 있는 예쁜 그녀가 맥주를 마시니까 나도 맥주를 마신다. 그녀는 맥주를 발칵발칵 마시다 안주로 멸치를 고추장에 찍어서 잘도 먹다가 이승훈의, 영도의 시쓰기가 무엇이냐고 묻는다. 난, 정말이지 그 말을 듣고 조금 놀란 듯 제스처를 취하며 그 글을 읽었느냐고 물었다. 그녀는 읽었지만 잘 모른다고 했다. 그녀는 소위 문단이라는 것과 시단이라는 것과 전혀 관계없는 사람인 줄 알고 편하게 만났는데, 이게 무슨 소리인가!

말 많고 시끄러운 시단에서 적어도 연애는 하지 말자고 결심하고, 품격 있고 우아하게 시를 모르는 사람들과 교제를 하고 싶었는데, 왜 그녀는 시에 대하여 관심이 있을까(이 지겨운 것들). 그러니까 영도라는 것은 영이

지요. 영, 제로점, 경계, 근데 그게 전부가 아니죠. 뭐랄까, 영도의 시쓰기란 절벽 같아요. 절벽에서 날아가면 독수리가 되어 하늘을 날지만, 이미 날개를 달아 버린 한계를 가지고 있고, 또 절벽에서 뒤돌아가 일차 공간으로 달려가면 호랑이가 되죠. 그건 시끄럽죠. 그래서 영도의 시쓰기란 백척간두에 서 있는 형국이죠. 시는 쓰지 않아도 시이고 써도 시고 써도 써도 쓰지 않아도* 되는 게 영도의 시쓰기죠. 그렇게 얘기를 해도 그녀는 납득이 안 가는지 맹한 눈빛으로 나를 바라본다.

나는 뭔가 그럴싸하게 얘기를 한 듯한데, 그녀의 표정에 머쓱해서 우리 건배합시다 하며 잔을 부딪치며 맥주를 마시고, 멸치를 고추장에 찍어서 그녀의 입술에 대고 자아, 이승훈 멸치입니다. 드시겠어요?

* 2008년 『시안』 봄호에 발표한 이승훈의 시 「무대에서 일생을 보낸다」 중에서 빌려 옴.

플라스틱 부처

어디서 왔는지 모를
플라스틱으로 만든 애기 주먹만 한 부처
정수리에 상투 구멍을 만들어
언제부터 누가 매달아 놨는지
대웅전大雄殿 가운데 자리도 아닌
백미러에 매달려 흔들거리는
후광後光도 없는 플라스틱 부처, 어느 날
그 행적이 궁금하여
부처의 엉덩이 밑을 바라보니
중국에서 건너오셨구나
가볍고 조잡한 플라스틱 싸구려 중국제라고
그럼 그렇지, 고개를 끄덕이지만
그래도 금물을 들여
번쩍번쩍 금빛의 부처
백미러에 매달려 나를 지그시 바라보시네
내가 운전을 하며 앞차나 옆차에 대고
보행자와 오토바이에 대고
씩씩거리며 쌍말이나 욕을 할 때마다
백미러에 매달린 플라스틱 부처는

말없이 바라보셨네
사람보다 차가 우선이라고 믿던 습관이
횡단보도에서 사람을 깔아뭉갤 뻔했다가
다행히 가벼운 사고에 나는 가슴을 쓸어내리며
아이고, 부처님! 두 손을 플라스틱 부처를 향해 비볐네
여기저기 다니며 절했던 우람한 대웅전 부처보다
내가 타고 있는 승용차가 대웅보전大雄寶殿이고 금부처
였네!

숲의 UFO들

늙은 물푸레나무에 쇠박새 날아와
수피 속 벌레를 찾는 사이
딱정벌레 비행접시처럼 붕붕거리고
날아가는 쇠박새 새똥 폭격에
어린 풀이 놀라 기지개를 켜고
어느새 숲은 울울창창,
그 숲속에 지상군 매복조 여우와 고라니는
날아다니는 쇠박새 바라보며
미확인 비행 물체라고 연신 무전을 치고
늙은 수피를 타고 오르는 개미 군단
나무구멍 속 미확인 물체를 찾는 개미 수색조
그러면 늙은 물푸레는 간지러워 웃고
다시, 숲은 울울창창하여
서로가 UFO
숲의 전쟁과 향연
서로가 그땐 누군가 몸을 내주어야 하지만,
숲은 슬프지 않고

4부

구름 나무

다시, 북나무 아래에서

사람들이 북소리에 빠져 한 사람 한 사람 나무가 되어 갈 때,

음악이 흘렀다 음악이 점점 더 가까이 다가와서,

졸고 있는 사람과 책에 눈알이 빠져서 눈알을 찾고 있는 사람과,

나무를 꿈꾸지도 못하고 나무를 못 본 사람들과 나무가 된 모든 사람을,

전동차 천정까지 들어 올렸다가 내렸다가 내동댕이쳤다가,

제자리에 앉혔다가 제자리에 서 있도록 했다가,

북나무 아래로,

음악은 흘러갔다

임계역臨界驛

용문사龍門寺 안에 있는 윤장대輪藏臺를 잡고 발걸음을 옮기는 순간, 시계 반대 방향으로 사막의 모래바람이 불어와 온몸의 구멍으로 모래가 금방 꽉 찬다. 시퍼런 검으로 후벼 파고 싶지만 검은 칼집에서 울고, 용문객잔龍門客盞에서 기약한 그녀는 오지 않고, 천 개의 모래시계를 넘어 피리소리만 희미하다. 모래가 좀벌레처럼 수많은 비급과 비약을 갉아먹고 폭풍이 객잔을 한 번 삼키고는 토해낸다. 갈라진 혀와 타는 입술에 독주毒酒는 비상이며 약이다. 한 모금 털어 넣고 남은 술마저 문 앞에 버티고 있는 내 생의 반대쪽에게도 술잔을 돌려야 한다.

* 후일담: 용문사 윤장대(보물 684호)를 시계 반대 방향으로 세 번 돌리며 세 가지 소원을 간절히 빌면 소원이 이루어지죠. 음력 3월 3일과 9월 9일에 돌려야 하는 법인데 요즘 사람들 바쁘니 지금 돌려도 괜찮아요. 내 소원보다 보살이 권유하는 간절함이 소원을 이루어줄 듯했다. 먼저 시주를 하고 돌렸는데 "너무 간절해서 이루어질 거예요."라는 보살의 말씀이었다. 모든 결과물은 숫자로 표시되고, 내 소원이 이루어지면 누군가 이루어지지 않을 것이다. 그러므로 난, 맨발로 걸을 것이다. 아니, 신발을 신고 걸을 테지만.

대파의 노래

밤길에 연인을 위해
파장罷場의 꽃을 사듯이
늦은 밤 대형 마트에서
대파 한 단 샀네

분주한 사람들도 이리저리 집으로 가는 시간,
대파를 꽃다발처럼 들고 밤길을 걷노라면,
대파의 총포에서 쏘아 올린
하얀 불꽃은 밤하늘에 퍼지네

허공에 손을 뻗으면 잘 익은 흰 반죽이
물렁거리고 그 바탕에 잠깐,
사랑이라고 쓰면,
대파의 뿌리는 점점 자라서
대궁은 어쩔 수 없이
하늘로 자꾸 자라만 가네
이리저리 가지 못하는
좌파도 우파도 아닌 대파

늦은 밤, 대파 한 단을 안고
혼자 집으로 돌아왔네

가격

이제 무릉武陵의 세계로 돌아갈 수 없네
돌아갈 길 잃었고 복숭아꽃 향기 날아갔네
늘, 무릉의 뽕나무와 대나무에 대한 그리움만 있어
현재가 무릉이라 하네

무릉에서 가져온 무명無名 보따리 하나 있어 풀어 보니
어느새 모든 것에 값과 격格이 매겨져 있네
그런 자연스러움이 현재라 하여
이는 예禮에서 시작하여
예로 끝나는 도道와 다름없다고 하네
예가 아니면 아예 상종하지 말고
발길도 끊어 버리라 하네

무릉은 값을 매길 수 없어 격이 없네
그러니 예가 없어 도도 없고
무릉의 길 찾을 수 없어
오늘도 뽕나무에 올라
대나무 바람 소리만 듣네

삼선교三仙橋

전동차로 삼선교를 지나칠 때마다 난,
신선을 찾아 두리번거리기도 하고
가끔은 삼선짬뽕과 삼선자장을 생각하는데
"이번에 내리실 역은 삼선교
삼선교 한성대 입구입니다" 방송이 나오고
전동차 문이 열리고
하나 둘 그리고
세 번째는,
임신한 여인이 뒤뚱거리며 양손엔 아이들 잡고 타는데
왜 그렇게 반가운지, 하필이면
옆에 앉기에 내가 꼭 남편 같은 생각도 들었지만
아뿔싸! 이제야 세 명의 선인을 만났는가
이 아이들이 선인이라면 난,
오늘만큼 삼선짬뽕과 삼선자장을 생각하지 말자
먹는 거 절제해야지
착한 아이 두 명과 태어나지 않은 아이 하나
그 하나가 둘이 될지도 모를 일
전동차 문이 열리고 그 여인 아이들 손잡고
쌍문역에서 내리네

도루묵

시인 신승철*이 술자리에서
기가 막힌 얘기를 했다
그야말로 한소식한
절체절명의
한 편 시가 될 법한

그래, 좋다
특허료로
내가 냅다 천 원 주고 샀다
그 순간 술잔이 멈추고
통영 돌멍게도 숨을 죽이고
아! 그게 시가 되는데 왜 몰랐을까, 하며
다들 무릎을 치다가 술잔을 치는데
갑자기 그는, 그 천 원을 여성 시인 가슴속에 쑥 넣었다
모두 깜짝 놀라서 어어, 하는데 번개를 맞은
여성 시인은 소피를 보러 화장실로 달려갔다

그런데 며칠이 지나고 아무리 생각해도
방바닥과 책상과 컴퓨터와 스마트폰을 껴안고

뒹굴어도 도무지 까마귀 고기 먹은 듯
그 절체절명의 구절은 가물가물해
먹장구름처럼 까맣다 못해
까마귀 오리발이요 도루묵이 되었다
안 되겠다 싶어 그날 자리를 같이한 시인들에게
전화를 해 물어봐도 신승철 본인은 물론이고
아무도 기억하는 사람이 없다

그날 우리 모두는 절체절명의, 밤의 여로를 지났다

* 신승철: 1953년 인천 강화에서 태어나 1973년 『현대문학』으로 등단하였다. 시집 『개미들을 위하여』 『더없이 평화로운 한때』 등이 있다. 현재 정신과 의사로서 블레스병원장이다.

황천식당黃泉食堂에서 만난 시인

퇴근길 밤에 문상 가서
방명록에 이름 적고 부의함에 봉투 넣고
세상 떠난 시인에게 향 세 대 피우고 두 번 절 올리네
아는 얼굴 몇몇이 눈인사하고 소주잔 돌리며
육개장 국밥을 퍼먹네
떠난 이 향 마시는 거 뒤로하면
허기진 뱃구레로 들어오는 국밥은 왜 이리 달까
소주 냄새 코끝에 스미며
돼지고기 한 점에 새우젓 재워 입안에 가져가면
그대 냄새가 나네
여기, 두런거리며 살아남은 자들의 국밥과 소주는
헛밥처럼 떠돌다 붉은 입 속으로 들어가고
담배연기에 묻힌 빈소는
오늘만 눈에 띄게 반짝이는 일회용 은접시,
위에 떠 있는 여름밤의 황천식당

오늘 시인이 세상을 떴다고 뭐 유별한 일인가마는
젊어서 떠난 이, 쓸쓸하네
황천식당에서 하나둘 자리 털고 일어나

생의 강물 뿔뿔이 건너가는 뒷모습
홀가분해 보이네

시인이라는 말이 현재진형행이라면
시인은 황천에서
그의 시와 사람이 잘 재워져, 썩고
썩어서 잘 빚어진 시 향기로울 거네
그러나 현현玄玄한 밤의 난간엔 시인들이 없으니
누구에게 시를 들려줄까

절벽

절벽이라는 이름을 가진 그녀는
누구에게도 몸을 허락하지 않았다
그녀를 추종하는 신도들은
밧줄을 걸고 그녀의 몸을 더듬거리며
오르고 올랐지만 그녀의 몸피만
스치고 올랐을 뿐인데,
그녀 머리 위에서 소리를 질렀다

그녀는 가끔 가슴을 열어 새 둥지를 틀기도 하고
헤어지기 좋은 거리에 무화과나무 한 그루만
거느리고 있었다 그러나
새의 그림자가 절벽에 걸리자
무심히 있던 절벽은 새의 날개를 활시위 삼아
팽팽 당겼다가 놓자 새는 눈 깜짝할 사이에 날아갔다
무던히 서 있던 무화과나무는
함부로 꽃을 피우지 않고
그녀의 초상을 안으로, 안으로
삭히고 삭혀서 그리고 있었다

월하노인 돋보기

그 노인 문 앞에서 돋보기 들고 개미 찾고 있네

달궁에서 비단 대신 무명광목 서너 필 펼쳐줄 뿐,

개미 한 마리 얼씬하지 않는데,

노인 혼자 오목볼록 왔다갔다

문을 둘러메고 들락날락하는 사이,

문은 옛날 금성 흑백 티브이처럼 뚱뚱해서

어깨가 뻐근하고 무거운지라

문을 내려놓자 이게 웬일인고!

문이 문을 배고 창문을 배고

창은 무명 광목을 칭칭 감고

노인에게 다가오네

구름 나무

구름 편지를 받고
구름의 안부가 궁금했네
구름 나무를 타고 오면 만날 수 있다는 말에
구름 나무 찾으러 세상을 방랑했네
길거리 솜사탕이 희망을 주기도 하고
도회지의 크리스마스트리 불빛에
헛된 암시를 받기도 했네
정글과 오지의 나무를 이정표로 삼기도 했고
사막의 오아시스에 더욱더 갈증만 났네
나무백과사전과 식물도감과 인터넷을
다 뒤져도 구름 나무 없네

그러다 비 오시는 날,
천둥 치고 벼락 떨어지는 날,
동네 옛날 이발관에서 구름 나무 봤네
이발과 면도를 하고 머리를 감고
늙은 이발사의 아내가 서비스로 귀를 후벼 주는데
면봉이 귓속을 돌고 천둥소리 났을 때
단숨에 구름 속으로 들어갔네

곡우穀雨

아이들이 사라진 후 애기똥풀만 지천이다
태어나야 할 아기들이
밥도 안 먹고,
이제는 꽃으로 태어나는지,

오래전 지상에서 쓰러졌던
무명의 전사들이 죽었다가
살아난 지상의 풀처럼,
더는 전생을 기억하지 못하고
언제나 아침 인사처럼
늘 안녕을 묻는다

눈에 밟히는 푸르고 시린 신록이
지상의 어린 영혼들을 순하게 키우고
뻐꾸기 우는 귀울음에 더는 의심하지 말고,
귀갓길엔 볍씨를 보지 않기로 한다

여보, 세탁기

언제가 그녀에게 여보라고 불렀다
한 번도 그렇게 부른 적이 없었지만,
그녀를 만나고 세월이 흐르면서 정이 들었다
처음 여보라고 부를 땐 낯이 간지러웠지만,
여보라고 부르고 나니 편안하고 따뜻했다
그리고 정이 샘처럼 새록새록 솟아났다
그녀는 늦게 귀가한 발 냄새와
밤낮없는 먼지투성이의 겉옷과 속옷의 밀어를
다 받아줬다 아무런 군소리도 없이
내가 처음 그녀에게 불렀던 여보를
역시 받아 읽으며 내 겉치레를 안고 돌며
여보여보 하는 것이었다

한번은 그녀의 속을 보고 싶어
내 머리를 그녀의 텅 빈 품 안에
넣고 여보 하고 불렀다
그러자 그녀도 여보라고 다정하게 불렀다
난 그녀가 너무 사랑스러워 온몸으로
그녀의 텅 빈 품 안으로 뛰어들어가려 하자

그녀는, 여보, 당신이 들어오면 감당할 수 없으니
홀랑 벗고 옷만 달라고 한다

여자만灣

— 벌교 참꼬막

벌교에 가서 갯벌에 빠져보지 않아도 참꼬막 한 냄비 삶아서 먹어 보면 알 수 있다네

단단하고 옹골차게 제 몸을 지키고 있는 참꼬막을 양손 엄지와 검지로 안간힘 쓰지 말고 은근히 누르다 약간 틈이 보이면 날렵하게 힘주어 벌리면 거기 발가벗은 벌교 갯벌이 환하고 진득하게 펼쳐져 있는데, 토실하고 해반들한 몸을 가진 그녀, 나와 그녀의 입술이 포개어지고 우리는 그저 몸을 탐하며 부지런히 사랑에 골몰하네

나는 벌교 참꼬막 같은 여자하고 한적한 소읍에서 부채살 같은 그녀 옷자락을 살며시 벗기고는 살강거리는 그녀의 속살을 자근거리며 참 살갑게 한 삼 개월 살았으면 좋겠네 아니, 그녀의 뻘밭에 잠겨 땀 뻘뻘 흘리며 부지런히 농사도 짓고 그녀가 주는 속살을 발라먹고 그것도 양에 차지 않아 그녀를 이루고 있는 일억 년 동안 곱게 갈고 갈았던 미립자! 사랑밖에 모르는 미립자 속에 들어가 살고 싶네 아니 그 안에서 한 냄비 끓이면서 아름다운 무덤 하나 생기길 바라네

* 여자灣 : 전남 보성군 벌교읍 앞에 있는 움푹 들어간 바다

■ 해설

‘인간적인, 너무나 인간적인’ 시인의 말과 삶

권 온(문학평론가)

1.

1998년 시단詩壇에 공식적으로 등장한 김영탁은 2005년 첫 시집 『새소리에 몸이 절로 먼 산 보고 인사하네』를 간행한 바 있다. 시집의 제목이 가리키듯이 시인의 시는 자연과 일체화된 풍경을 보여준다. ‘새소리’나 ‘먼 산’에 담긴 자연과 ‘몸’이 가리키는 인간이 ‘인사’라는 행위로 자연스럽게 교감하고 소통하는 장면은 김영탁 첫 시집의 의의를 압축적으로 제시한다.

시인의 삶과 시를 연결하여 바라볼 때 시의 참된 모습이 또렷하게 떠오르는 경우가 있는데, 김영탁의 경우도 그러하다. 형식주의의 관점에서 작품의 내재적 분석에 집중하는 일은 물론 긴요하지만 그것만이 전부는 아니다. 시의 근원으로서의 시인의 삶을 되돌아보는 일의 중요성은 거듭 강조해도 지나치지 않을 것이다.

김영탁의 시를 이해하려면 시인의 삶을 알아야 한다는 게 이 글의 관점이다. 그의 작품에서 흘러나오는 목소리는 인공적인 장치로서의 주체主體의 음성音聲이 아닌 시인과의 동질감을 갖는 화자話者의 그것이다. 김영탁의 시에는 소설에 가까운 평범한 일상어의 산문적 진술이 빈번하게 출현한다. 우리는 시인의 이러한 자유분방한 시적 경향을 산문시의 관점에서 수용할 수 있겠다.

시인 김영탁은 계간 문예지 『문학청춘』의 발행인이자 출판사 〈황금알〉의 대표이기도 하다. 그는 타인의 작품을 소개하는 일, 문단文壇의 중심에서 소외된 시인이나 작가의 좋은 작품을 소개하는 일에서 보람을 느낀다. 누가 알아주는 일도 아니고, 돈이 되는 일도 아니지만 그는 묵묵히 자신의 길을 걸어 나아가는 중이다. 이제 김영탁의 본연지성이 다시 발휘될 시간이다. 시인의 두 번째 시집 『냉장고 여자』를 만나야 하는 것이다.

2.

지구의 모든 인간이 똑같은 시간에 식사를 같이한다면, 그러니까 이라크, 아프가니스탄, 파키스탄, 북한, 나이지리아의 아이와 여자, 그리고 노인도 빠짐없이 같이 식사한다면, 음식의 열기와 뿜어 나오는 수증기, 침샘을 자극하는 음식냄새, 쇠붙이 달그락거리는 소리, 손으로 음식을 집을 때마다 흐느끼는 알맹이들, 쇠붙이가 밀림을 자르는 톱과 불도저처럼 굉음을 울리고, 왁자지껄 수다에 소곤거리는 소금과 모든 인간의 입들이 벌어지며 꿀꺽거리는 소리, 그 사이에 울고 웃는 소리, 그러는 동안 음식들은 몸속에서 춤을 추고, 음식의 열기는 최고조에 달하여 빵! 하고 폭발이 일어나 지구에 있는 핵폭탄이나 어디에 숨겨진 화생 무기도 한방에 지구 밖으로 튕겨날 빅뱅이 일어날 것인데!

저기 있잖아요, 혼자 밥 먹지 마세요
그래도 혼자라고요?
그럼, 우선 점심이라도 같이해요

—「점심 대폭발」 전문

김영탁 시인을 이야기할 때 빠질 수 없는 것 중 하나는 그가 서울신문에 연재하고 있는 식도락 칼럼 「김영탁의 시식남녀詩食男女」이다. 칼럼의 제목에서 알 수 있듯이, 「김영탁의 시식남녀」는 시를 쓰는 시인들이 모여서 시를 읽는 마음으로 전국의 음식을 맛보고 그 고장의 흥취를 소개하는 글이다.

시 「점심 대폭발」의 핵심어로는 '밥' '점심' '음식' '식사' 등을 꼽을 수 있다. 현대시의 대표적인 경향인 산문시의 기법으로 기술된 1연의 서두 곧 "지구의 모든 인간이 똑같은 시간에 식사를 같이한다면, 그러니까 이라크, 아프가니스탄, 파키스탄, 북한, 나이지리아의 아이와 여자,

그리고 노인도 빠짐없이 같이 식사한다면,"에 우선적으로 주목할 필요가 있겠다. 김영탁은 여기에서 식사와 관련한 불가능한 가정假定을 시도한다. 형용사 '똑같은'과 부사 '빠짐없이'가 가리키는 방향에는 식사에서 소외되고 배제된 약자弱者를 향한 아우름과 통합이 있다.

2연의 '같이' 역시 같은 맥락에서 연결된다. '혼자'가 아닌 '같이'라는 것, "혼자 밥 먹"는 것이 아닌 "점심이라도 같이"한다는 사실이 중요하다. 김영탁은 "지구의 모든 인간"을 식구食口로 인식하려고 노력한다. 식구의 의미가 "한집에서 함께 살면서 끼니를 같이하는 사람"임을 감안할 때, 시인은 정情이 많은 사람임에 틀림없다. 김영탁 시인은 이 시에서 이웃과 더불어 사는 세상의 따뜻함을 지향하는 것이다.

그녀가 내 집에 온 지 10년이 넘었다
우리는 결혼식도 안 하고 간편하게 동거했다
그녀는 지상의 태양들을 가져온 내 식탐을 나무라지 않고
차가운 인내심으로 잘 받아 주었다

홀아비가 처녀를 데리고 산다고
주변의 지인들은 손가락질하며 입방아를 찧으며 쑥덕거렸다
나는 아랑곳하지 않고 냉장고 여자를 냉녀冷女라 부르지 않고
빙녀冰女, 또는 애빙녀愛冰女라고 부르며 서로 말없이 잘

지냈다

보다 못한 친척들이나 지인들이 이 이상한 동거를 해결하기 위해

내 집으로 달려오면, 그녀는 냉장고 안으로 들어가서 나오지 않았기에

실제로 그녀를 본 사람은 없다

물론 나도 그녀를 찾아 헤매다가

그녀의 고향인 저 머나먼 설산雪山이나 안나푸르나엘 갔나 하고

냉동실 문을 열어 봤지만, 차가운 숨결만 느꼈을 뿐이다

—「냉장고 여자」 부분

시인의 인간적인 면모가 부각되는 시이다. 김영탁은 여기에서 '그녀'를 이야기한다. 시인이 말하는 그녀는 '냉장고'인 동시에 '여자'이다. '10년'이 넘는 시간을 동거한 '나'와 '그녀'의 관계는 나쁘지 않았다. 주변의 지인들은 홀아비인 '내'가 처녀인 '냉장고'를 데리고 사는 모습을 '이상한 동거'로 규정했지만, "내 식탐을 나무라지 않고/ 차가운 인내심으로 잘 받아 주었"던 그녀는 이상적인 '여자'였던 것이다.

김영탁은 의인법 또는 의인화를 정밀화함으로써 이 시의 수준을 고양한다. 특히 "실제로 그녀를 본 사람은 없다/ 물론 나도 그녀를 찾아 헤매다가/ 그녀의 고향인 저 머나먼 설산雪山이나 안나푸르나엘 갔나 하고/ 냉동실 문

을 열어 봤지만, 차가운 숨결만 느꼈을 뿐이다"라는 2연의 후반부가 인상적이다. '설산'이나 '안나푸르나'가 조성하는 시각적인 효과가 뛰어나고 무엇보다도 존재存在와 부재不在의 시소게임seesaw game을 감행하는 그녀의 모습이 매력적이다.

푸르고 붉은 산소 용접기로
달과 해를 붙이는 순간,
절커덕거리는 소리가 들리며
지상의 별들은 서늘한 푸른색으로 반짝거렸고
나무는 더욱더 짙푸르다 못해
우주의 희미한 그림자로 누워 있고
나무에서 갓 태어난 새들은 파랑의 파랑새,
파랑새 사람들 귓속을 파고들며
포르릉 포르릉 머릿속을 날아다닌다

남자, 허리 한 번쯤 휘청거리다
줄 끊어진 가오리연처럼 흐느적거리고
여자, 젖꽃판이 부풀어 오를 대로 올라
지상의 꽃들은 서늘해지고,
술통의 술은 깊고 푸른 기억을 마치고
봉인의 말뚝을 풀면 천정天庭은 붉은 보자기에 감싸인다
사람들, 붉은 입속에서 튀어나온 말은
어눌하게 더듬거리며 지치지 않고
태양의 반점까지 달려가지만,

산소 용접기에서 뿜어 나오는
붉고 푸른 불꽃 소리에
젖꽃판이 닫히고
말은, 또 더듬거리며 파랑새를 따라
날아다닌다

—「일식」 전문

이 시는 긍정적인 의미에서의 다층구조사회多層構造社會이다. 일식日蝕이라는 작품의 제목이 알려주듯이, 이 시는 '해'와 '달'을 다룬다. 여기에서 제시되는 '해'와 '달'은 '남자'와 '여자'에 각각 대응된다. 곧 '달'이 '해'의 일부나 전부를 가리는 현상 또는 '남자'와 '여자'가 서로를 탐닉하는 현상이 '일식'인 것이다. 김영탁은 산소 용접기의 붉고 푸른 불꽃으로 "달과 해를 붙이는 순간"을 포착했는데 이는 남녀의 교합交合을 가리킨다. 산소 용접기의 불꽃은 감각적이고 관능적인 남녀의 관계를 형상화하는데 적극적으로 기여한다.

'별들'이나 '우주' 또는 '태양'은 천문天文으로서의 '일식'과 관련되는 어휘인데, 2연에서 전개되는 남자와 여자의 방사房事에 도움을 준다. 이 시의 핵심은 2연의 서두에 놓인 "남자, 허리 한 번쯤 휘청거리다/ 줄 끊어진 가오리연처럼 흐느적거리고/ 여자, 젖꽃판이 부풀어 오를 대로 올라/ 지상의 꽃들은 서늘해지고,"에서 찾을 수 있으니, 이는 남자의 사정射精과 여자의 오르가슴orgasme을 적확하게 묘사한 대목이다.

1연의 '푸르고 붉은' '푸른색' '짙푸르다' '파랑' 2연의 '푸른' '붉은' '붉고 푸른' 등의 색채 이미지는 천문으로서의 일식과 남녀의 교합으로서의 일식을 동시에 활성화한다. '파랑새'의 출현 역시 기억할 만한 사건인데, 파랑새가 사람들의 귓속을 파고들거나 머릿속을 날아다니는 장면이나 '말'이 파랑새를 따라 날아다니는 광경은 이 시를 형이상학적인 층위로 끌어올린다. 더불어 파랑새가 '희망'이나 '행복'을 상징한다는 사실을 떠올리는 일도 필요하겠다.

지하철 계단에서 완두콩을 까고 있는 늙은 여인
손이 부지런하다. 아무리 봐도 콩을 사는 사람은 없고,
바삐 지나가는 사람들
이미 가망 없는 뻔한 업業이지만
여인의 주름진 손이 염주를 굴리듯
콩 껍질에 희미한 때처럼 비쳐 오가는 그림자를 어루만진다
콩은 시간이 갈수록 오도카니 쌓여 가는데, 어찌어찌
껍질 안에서 빠져나온 콩 하나가
지하철 계단을 콩콩콩 내려간다
땅속으로 들어간 콩의 유전流轉이야 뻔하겠지만
그때부터 여인의 손에서 완두콩 넝쿨이 쑥쑥 뻗어 나와
하늘로 푸르게 푸르게 올라간다

—「완두콩」 전문

소박하고 조촐하면서도 완결성을 획득한 시이다. 김영탁은 비근한 일상의 순간도 허투루 흘려보내지 않는다. 우리는 언젠가 "지하철 계단에서 완두콩을 까고 있는 늙은 여인"을 또는 그와 비슷한 누군가를 본 적이 있다. 늙은 여인의 주변을 "아무리 봐도 콩을 사는 사람은 없고,/ 바삐 지나가는 사람들" 뿐이다. "이미 가망 없는 뻔한 업業이지만"이라는 시행詩行은 늙은 여인을 향한 시인의 심경을 알려준다. 이는 형용사 '안타깝다'나 '애처롭다'와 무관하지 않을 것이다. 이어지는 "여인의 주름진 손이 염주를 굴리듯/ 콩 껍질에 희미한 때처럼 비쳐 오가는 그림자를 어루만진다"라는 진술은 주목할 만하다. 앞서 제시되었던 '이미'나 '없는' 또는 '뻔한'이라는 일련의 부정적 표현을 뒤집을 수 있는 진술이기 때문이다.

시인은 완두콩 하나가 지하철 계단으로 굴러 떨어지는 모습을 포착한다. 우리는 완두콩이 "콩콩콩 내려간다"라는 진술에서 김영탁의 위트를 확인한다. 계속되는 "땅속으로 들어간 콩의 유전流轉이야 뻔하겠지만"이라는 시행에서 "뻔하겠지만"은 위에서 살핀 "업이지만"에 대응되는 구조이다. '~지만' 또는 '~지마는'은 어떤 사실이나 내용을 시인하면서 그에 반대되는 내용을 말하거나 조건을 붙여 말할 때에 쓰는 연결 어미로서, 이 표현의 전후前後는 대조적인 의미로 수렴된다. "뻔하겠지만"에 담긴 부정적인 의미는 연결되는 시행에서 극적인 반전을 이룬다. "그때부터 여인의 손에서 완두콩 넝쿨이 쑥쑥 뻗어 나와/ 하늘로 푸르게 푸르게 올라간다"라는 진술은 의미심장하다. 영국의 구전 민화인「잭과 콩나무Jack and the Beanstalk」를 연상시키는 이 대목은 독자들의 가슴을 훈훈하게 데우는 훌륭한 마무리이다. 독자는 이 시에 등장하는 '업業'과 '염주'와 '유전流轉' 같은 어휘에서 불교의 영향력을 확인할 수 있는데, 이는 늙은 여인의 행동 곧 "완두콩을 까고" "그림자를 어루만"지는 행위가 어떤 수도修道나 구도求道의 경지에 다가설 수 있는 가능성임을 암시한다.

금방, 하늘에 방울소리 딸랑거리며
날아온 파랑새 한 마리
파랑새 한 마리 물푸레나무 건드리면
나뭇가지마다 뿔이 솟듯 뾰족 돋아나는 푸른 잎
나무, 온몸으로 출렁이며 푸른 강물처럼 흐르네
봄이 부는 피리소리는 늙지 않아
나무가 나무로 태어나는 시간은 다시, 처녀이지만
봄바람은 타고난 솜씨로 나무와 접하며 춤추네

나무여
땅과 하늘에 서로 뿌리 뻗고 서 있는 나무여
지상의 모든 모래를 담은 너무 큰 모래시계
깨지고 날아갈까 봐 불안하고 두근거리지만
봄 피리소리에 처녀막 몸 하면서
밀고 올라오는 사막의 폭풍, 달리는 천 마리 말

그 죄 없는 마력으로
나무는 뜨거운 모래 두레박 끌어 올리면
모래로 가득 찬 가쁜 숨, 얇은 막 사이로
터져 나오는 푸른 잎들이여

가끔, 견딜 수 없는 나무 안의 뜨거움에
뿔 달린 파랑새 막을 뚫고 날아가네

—「봄, 한다」 전문

앞에서 살핀 시 「일식」과 유사한 계열을 이루는 시이다. 「일식」의 '해와 달' 또는 '남자와 여자'의 조합이 「봄, 한다」에서는 '파랑새'와 '물푸레나무'로 바뀐다. 흥미롭게도 이 시의 '파랑새'와 '물푸레나무' 역시 각각 '남자'와 '여자'에 대응된다. 천체天體의 구도로 남자와 여자의 교합을 다뤘던 김영탁은 새와 나무의 구도로 남녀의 소통을 묘사한다.

1연 3행의 "파랑새 한 마리 물푸레나무 건드리면"이나 1연 8행의 "봄바람은 타고난 솜씨로 나무와 접하며 춤추네" 그리고 3연 2행의 "뿔 달린 파랑새 막을 뚫고 날아가네" 등은 남녀의 교접交接을 일컫는 멋진 은유의 사례事例이다. 이 시에서 남자에 해당하는 '파랑새'는 '봄바람'이나 '사막의 폭풍' 또는 '천 마리 말' 등으로 자유롭게 변형되면서 역동성力動性을 과시하고, 여자에 해당하는 '물푸레나무'는 '모래시계'나 '모래 두레박' 또는 '처녀' 등의 어휘와 접속한다. 특히 '푸른 잎(들)'이나 '푸른 강물' 등 '푸른' 이미지는 '(물푸레)나무'의 '뜨거움' 또는 '오르가슴'을 정확하게 포착한다.

김영탁의 이 시는 새와 나무라는 자연을 도입하여 성욕性慾이라는 인간의 원초적인 욕망을 아름답게 묘파한 수작秀作이다. 작품의 마지막 시행인 "뿔 달린 파랑새 막을 뚫고 날아가네"를 남성의 성기性器가 여성의 처녀막處女膜을 뚫는 행위로 읽는 것은 타당하다. 일찍이 작가 이효석이 「메밀꽃 필 무렵」(1936)에서 시도했던 애욕愛慾을 향한 극적인 순간이 재현되고 있는 것이다.

고향에 혼자 사는 어머니 두루마기 사준다고 한다
명절 때나 고향에 갈 때마다
근 3년 동안 그렇게 얘기했다
필요 없습니다
요즘 누가 두루마기 입나요
어머니는 인근 안동에 한복 잘하는 집 있다고
직접 맞춰 주려고 한다
입을 일도 없는데 정말 필요 없습니다
요즘 누가 두루마기 입나요

어느 날 아침 9시,
어머니한테 농협이라며 전화가 왔다
농협 직원 바꾸어 줄게 통장번호 부르라고 한다
아예 직접 맞춰 입어라, 하며

백오십만 원을 부쳤다
한 푼, 두 푼 모은 돈
왜 그리 부쳐 주려고 그러는지
이해가 안 되었다
새삼스럽기도 하지만
새장가갈 일도 아닌데
아니, 내가 두루마기 입을 일이나 있나요
아무튼 돈 부치니 꼭 한복 한 벌 하고 두루마기 해 입어라

아마 그럴지도 모르겠다
내가 서울서 발가벗고 다닌다고
벗은 채 막춤이나 추고 다닌다고
이제 어른 되라고 점잖은 어른 되라고
그게 안쓰러워 두루마기 맞춰 주려고 그러셨는지

붉은 단풍은 쉬이 지지 않고
가을 하늘에 한 땀, 한 땀 수놓을 때
고향에 혼자 사는 어머니한테 두루마리 편지가 왔다
인터넷과 스마트폰 시대에
요즘 누가 편지 쓴다고
긴긴 두루마리 편지,
끝없는 편지

—「두루마기 편지」 전문

김영탁 시인의 선한 얼굴이 절로 떠오르는 시이다. 시의 화자인 '나'와 고향에 혼자 사시는 '어머니'의 의사소

통이 작품의 핵심이다. '나'와 '어머니'의 대화 주제는 '두루마기'이다. 어머니는 주로 외출할 때 입는 우리나라 고유의 웃옷인 두루마기를 사주겠다고 '내'가 "명절 때나 고향에 갈 때마다/ 근 3년 동안" 얘기했다. 오랜 시간 동안 반복적으로 말하는 것으로 보아 어머니가 '나'에게 두루마기를 사주겠다는 마음은 확고하다. 하지만 '나'는 두루마기가 필요 없다. 1연에 거듭 제시되는 구어口語 "요즘 누가 두루마기 입나요"에는 두루마기에 관한 화자의 생각이 잘 드러난다.

근 3년 동안 두루마기가 필요 없다고 이야기했음에도 불구하고 어머니의 두루마기 사랑은 계속된다. 어머니는 "아예 직접 맞춰 입어라, 하며" "한 푼, 두 푼 모은 돈"인 '백오십만 원'을 '내' 통장으로 부치신 것이다. '나'의 입장은 "아니, 내가 두루마기 입을 일이나 있나요"라는 입말에 담겨있다. 어머니는 왜 불필요한 한복과 두루마기를 해 입으라는 것일까? 3연에 이르러 '나'는 비로소 어머니의 심정을 이해하기 시작한다. '고향' 떠나 '서울' 가서 "발가벗고 다닌다고/ 벗은 채 막춤이나 추고 다닌다고" "이제 어른 되라고 점잖은 어른 되라고/ 그게 안쓰러워" 그러셨을 것으로 짐작해보는 것이다. 부모에게는 지천명知天命을 훌쩍 넘기고 이순耳順을 바라보는 자식 또한 여전히 '어른'이 아닌 '아이'인가 보다. 두루마기는 어머니의 사랑을 아들에게 전달하는 매개이다.

부모에게 자식은 걱정이나 염려의 대상이 되기도 한

다. 이번에는 '두루마리 편지'이다. '나'에게는 가로로 길게 이어 돌돌 둥글게 만 종이인 두루마리에 쓴 어머니의 편지가 어색하다. "요즘 누가 편지 쓴다고"라는 '나'의 구어는 이를 입증하는 말이다. 인터넷과 스마트폰이 보편화된 '요즘' 어머니의 "긴긴 두루마리 편지,/ 끝없는 편지"는 특이하다. 어머니가 '나'에게 보낸 '긴긴' 두루마리 편지, '끝없는' 편지는 그녀의 곡진한 사랑을 의미한다. 조금 더 어렵고 불편할 수 있지만, 어머니는 쉽고 편리한 방법이 아닌 정성을 담을 수 있는 길을 선택한 것이다. 이 시에서 화자 '나'는 "요즘 누가~"의 어법으로 어머니의 '두루마기'와 '두루마리 편지'가 시대착오적임을 지적하였으나, 이는 '나'의 본심이 아닐 것이다. 이 작품의 제목은 '두루마리 편지'가 아닌 '두루마기 편지'이다. '두루마기 편지'는 오식誤植이 아니다. 여기에는 '두루마기'와 '두루마리 편지'라는 어머니의 사랑의 매개를 동시에 포옹하려는 김영탁의 따스한 진심이 담겨있다.

> 어디서 왔는지 모를
> 플라스틱으로 만든 애기 주먹만 한 부처
> 정수리에 상투 구멍을 만들어
> 언제부터 누가 매달아 놨는지
> 대웅전大雄殿 가운데 자리도 아닌
> 백미러에 매달려 흔들거리는
> 후광後光도 없는 플라스틱 부처, 어느 날
> 그 행적이 궁금하여

부처의 엉덩이 밑을 바라보니
중국에서 건너오셨구나
가볍고 조잡한 플라스틱 싸구려 중국제라고
그럼 그렇지, 고개를 끄덕이지만
그래도 금물을 들여
번쩍번쩍 금빛의 부처
백미러에 매달려 나를 지그시 바라보시네
내가 운전을 하며 앞차나 옆차에 대고
보행자와 오토바이에 대고
씩씩거리며 쌍말이나 욕을 할 때마다
백미러에 매달린 플라스틱 부처는
말없이 바라보셨네
사람보다 차가 우선이라고 믿던 습관이
횡단보도에서 사람을 깔아뭉갤 뻔했다가
다행이 가벼운 사고에 나는 가슴을 쓸어내리며
아이고, 부처님! 두 손을 플라스틱 부처를 향해 비볐네
여기저기 다니며 절했던 우람한 대웅전 부처보다
내가 타고 있는 승용차가 대웅보전大雄寶殿이고 금부처였네!

—「플라스틱 부처」 전문

앞에서 고찰한 시 「완두콩」에서도 알 수 있듯이 김영탁의 시 세계를 구성하는 요소 중 하나는 불교적인 영향력이다. 이번에 다룰 시 「플라스틱 부처」 역시 시인의 불교적인 세계관이 노출되어 있는 작품이다. 시의 화자 '나'

에 따르면 '플라스틱 부처'는 "어디서 왔는지 모를" 것이고, "언제부터 누가 매달아 놨는지" 알 수 없는 대상이며, 다만 자동차 "백미러에 매달려 흔들거리는" "가볍고 조잡한 플라스틱 싸구려 중국제" 부처일 따름이다. 이런 일련의 진술은 플라스틱 부처를 대하는 '나'의 감정이나 심리가 상당히 부정적임을 알려준다.

그럼에도 불구하고 플라스틱 부처에 대한 '나'의 심경은 완전한 부정否定이 아닌 부분부정部分否定에 가깝다는 사실을 확인해야 한다. "나를 지그시 바라보시네"나 "말없이 바라보셨네" 등에 담긴 경어법이 유의미한 까닭이 여기에 있다. "횡단보도에서 사람을 깔아뭉갤 뻔"한 사건을 체험하면서 플라스틱 부처를 향한 '나'의 태도는 극적으로 바뀐다. 화자는 이제 "여기저기 다니며 절했던 우람한 대웅전 부처보다/ 내가 타고 있는 승용차가 대웅보전大雄寶殿이고 금부처였네!"라는 깨달음의 경지에 이르렀다. '나'는 비로소 인식의 전환 내지 역전에 도달한 것이다.

아울러 이 글은 김영탁의 '플라스틱 부처'를 보다 창의적인 관점에서 이해할 수 있는 방법으로서 비디오 아티스트 백남준의 작품 〈TV 부처〉(1974), 시인 김종삼의 시 「나」(1980) 곧 "망가져 가는 저질 플라스틱 臨時 人間"과의 관련성을 제안한다.

3.

이 글은 김영탁의 두 번째 시집 『냉장고 여자』에서 펼쳐지고 있는 시인의 시 세계를 점검하려는 소중한 무대이다. 김영탁의 시 세계를 이해하기 위한 효과적인 방편으로써 시와 삶의 연관성을 제안하면서 이 글은 출발하였다.

시 「점심 대폭발」에서 우리는 정情이 많은 사람으로서의 김영탁을 만날 수 있었다. 그의 시에는 식사에서 소외되고 배제된 약자弱者를 향한 아우름과 통합이 있고, 그의 삶은 이웃과 더불어 사는 세상의 따뜻함을 지향하고 있다.

「냉장고 여자」는 시인의 인간적인 면모가 부각되는 시이다. 김영탁은 의인법 또는 의인화를 정밀화함으로써 이 시의 수준을 고양했다. 존재存在와 부재不在의 시소게임seesaw game을 감행하는 냉장고 또는 그녀의 모습이 매력적이다. 시인의 또 다른 시 「여보, 세탁기」 역시 세탁기를 '그녀'로 형상화하고 있는데 독자의 일독을 권한다.

시 「일식」은 긍정적인 의미에서의 다층구조사회多層構造社會이다. '달'이 '해'의 일부나 전부를 가리는 현상 또는 '남자'와 '여자'가 서로를 탐닉하는 현상이 '일식日蝕'이다. 김영탁은 산소 용접기의 붉고 푸른 불꽃으로 "달과 해를 붙이는 순간"을 포착했는데 이는 남녀의 교합交合을 가리켰다. 산소 용접기의 불꽃은 감각적이고 관능적인 남녀의 관계를 형상화하는데 적극적으로 기여했다.

「완두콩」은 소박하고 조촐하면서도 완결성을 획득한 시이다. 김영탁은 이 작품으로 자신이 비근한 일상의 순간도 허투루 흘려보내지 않는 시인임을 입증했다. 독자는 이 시에 등장하는 '업業'과 '염주'와 '유전流轉' 같은 어휘에서 불교의 영향력을 확인할 수도 있겠다.

김영탁의 시 「봄, 한다」는 새와 나무라는 자연을 도입하여 성욕性慾이라는 인간의 원초적인 욕망을 아름답게 묘파한 수작秀作이다. 작품의 마지막 시행인 "뿔 달린 파랑새 막을 뚫고 날아가네"를 남성의 성기性器가 여성의 처녀막處女膜을 뚫는 행위로 읽는 것은 타당하다. 일찍이 작가 이효석이 「메밀꽃 필 무렵」(1936)에서 시도했던 애욕愛慾을 향한 극적인 순간이 재현되고 있는 것이다.

시인의 선한 얼굴이 절로 떠오르는 시가 바로 「두루마기 편지」이다. 시의 화자인 '나'와 고향에 혼자 사시는 '어머니'의 의사소통이 작품의 핵심이다. 이 작품의 제목은 '두루마리 편지'가 아닌 '두루마기 편지'이다. '두루마기 편지'는 오식誤植이 아니다. 여기에는 '두루마기'와 '두루마리 편지'라는 어머니의 사랑의 매개를 동시에 포옹하려는 김영탁의 따스한 진심이 담겨있다.

시 「플라스틱 부처」 역시 시인의 불교적인 세계관이 노출되어 있는 작품이다. 유의할 점은 플라스틱 부처에 대한 시의 '나'의 심경이 완전한 부정否定이 아닌 부분부정部

分否定에 가깝다는 사실이다. 이 글은 김영탁의 '플라스틱 부처'를 보다 창의적인 관점에서 이해할 수 있는 방법으로서 비디오 아티스트 백남준의 작품 〈TV 부처〉(1974), 시인 김종삼의 시 「나」(1980) 곧 "망가져 가는 저질 플라스틱 臨時 人間"과의 관련성을 제안했다.

김영탁의 이번 시집에 수록된 작품 중 「황천식당黃泉食堂에서 만난 시인」이라는 시가 있다. 황천黃泉이라는 표현이 암시하듯이 이 시의 배경에는 문상問喪을 간 체험이 자리한다. 시인은 "젊어서 떠난 이" "세상 떠난 시인"을 조문弔問하는 자리에서 "육개장 국밥을" 퍼먹으며 이렇게 말한다. "허기진 뱃구레로 들어오는 국밥은 왜 이리 달까" 김영탁은 세상 떠난 이와 대비되는 아직 '살아남은 자들의' 심리를 무서우리만치 적확하게 포착하고 있는 것이다.

그런 까닭에 이 글은 그를 가리켜 '인간적인 너무나 인간적인' 시인으로 규정하고 싶다. 김영탁이 길어올린 식욕食慾, 성욕性慾, 정情 등의 감정, 심리, 욕망은 인간의 가장 원초적이면서도 본질적인 모습을 보여준다. 삶과 죽음의 경계를 역설의 논리로 넘나드는 인간을 포착한 시 「여자만灣—벌교 참꼬막」을 비롯한 시집 『냉장고 여자』는 한 정직한 인간의 참된 기록인 것이다. 앞으로 시인의 시가 또 그의 삶이 푸르게 더 푸르게 솟아오르기를 기원한다.